CHARLES X

OU

LE JOUR DU SACRE,

POÊME.

.... te consule,......
Incipient magni procedere menses.
Te duce, si qua manent sceleris vestigia nostri,
Irrita perpetua solvent formidine terras.

VIRGILE, *Églogue* 6.

(Par C. de Beaumont d'après Barbier)

NANCY,

IMPRIMERIE DE F. BACHOT, RUE S.ᵗ DIZIER, N.º 96.

1825.

CHARLES X

OU

LE JOUR DU SACRE,

POËME.

———

Il a paru, ce jour que le dieu de clémence
A choisi pour combler tous les vœux de la France.
Jour à jamais heureux, et dont le souvenir
Servira de leçon aux siècles à venir.
O peuples fortunés ! exaltez votre joie,
Livrez-vous à l'espoir que le ciel vous envoie ;
Charles sera bientôt le digne Oint du Seigneur,
Et ce titre sacré vous promet le bonheur.
   Ministres des autels, préparez l'huile sainte !
Et vous, noble cité, vous, dont la vieille enceinte,
Vit l'apôtre des Francs bénir le fier Clovis ;
Accueillez en vos murs un fils de Saint Louis.
Il vient suivant l'antique et mémorable usage,
Rendre au maître des rois un royal témoignage ;
Lui vouer sa couronne ainsi que son espoir,
En recevoir le sceau d'un auguste pouvoir,
Et jurer par le Christ devant toute la France,
Que toujours équitable et plein de bienfaisance,
Il fera respecter la majesté des lois,
Protectrices du peuple et soutiens de ses droits,

Et qu'il repoussera ces hommes d'injustice,
Aspirant aux emplois par l'ascendant du vice ;
Et ces vils intrigans, lâches adulateurs,
De toute iniquité qui conduit aux grandeurs,
Il daignera tenir cette haute promesse ;
Sa gloire ainsi le veut, le succès l'intéresse.
 Il vient et l'heure approche où ses moindres sujets,
Pourront lui témoigner leur zèle et leurs souhaits.
Déjà de toutes parts une foule joyeuse
Accourt, et de le voir se montrant amoureuse,
Lui fait spontanément le plus touchant accueil.
Tandis que sur ses pas marchant avec orgueil,
L'élite des Français à le suivre s'empresse,
Et par des cris flatteurs lui prouve sa tendresse.
 Le bruit de sa venue a percé le lointain,
Reims tressaille de joie, et voilà que soudain
Ses fidèles enfans pompeusement élèvent,
De grands arcs triomphaux qui promptement s'achèvent
Sur leurs doubles frontons la touche des beaux arts,
En traits d'or fait saillir et présente aux regards
Des chiffres glorieux, des devises brillantes,
Et tous les attributs des vertus bienfaisantes,
Qui du bonheur public entretiennent le cours.
Au luxe des cités, à la pompe des cours,
Se joignent des hameaux les champêtres offrandes,
De longs festons de fleurs et de vertes guirlandes,
Aux rayons du soleil balancent leurs couleurs,
Et répandent dans l'air de suaves odeurs.
Le canon a grondé, c'est le Roi qui s'avance;
La voix d'un peuple libre annonce sa présence.
Le voilà; de son front la douce majesté
Respire la grandeur ainsi que la bonté;
Son maintien qu'ennoblit la dignité de l'âge,

A l'éclat d'un monarque unit l'aspect d'un sage;
Et tendrement ému, son regard plein d'amour,
Aux vœux de ses sujets offre un juste retour.
Le ciel qui l'éprouva, couronnant sa constance,
D'un prospère avenir lui garde l'assurance;
Des jours long-tems heureux rempliront son destin,
Et son nom deviendra l'orgueil du genre-humain.
Ainsi fut cet Henri que la France révère,
Qui rendit à nos lis leur gloire héréditaire,
Et qui toujours exempt de reproche et de peur,
Fut grand dans l'infortune et grand dans le bonheur.
Au milieu des accens d'une vive allégresse,
Accens pleins de franchise et répétés sans cesse,
Tel se montre Bourbon. Un fils digne de lui,
Sa plus haute espérance et son plus ferme appui,
A sa droite élevé, noblement l'accompagne,
C'est le sauveur du peuple et des rois de l'Espagne.
Non moins chers à l'État marchent au second rang,
Le rejeton des lis, et les princes du sang.
Près d'eux sont des humains à qui l'honneur sans doute,
Ouvrit des grands emplois la glorieuse route.
Ceux-ci de la concorde arbitres et garans,
Des trônes étrangers sont les représentans;
Ils semblent applaudir à la commune joie,
Et sur leurs fronts sereins leur penser se déploie.
Ceux-là sont des Français, ministres citoyens,
Ils doivent protéger nos sillons et nos biens.
Accueillir les vertus, en prendre la défense,
Et du bonheur public assurer l'existence.
Charles l'ordonne ainsi, tel est son bon plaisir;
Et ses dignes soutiens n'ont pas d'autre desir.
Puissent-ils désormais, illustrant leur ouvrage,
Satisfaire à l'attente, accomplir le présage.

Avec eux sont groupés ces modernes héros,
Qui de nos anciens preux surpassant les travaux,
Ont durant vingt-cinq ans fait triompher la France,
Et du nord au midi promené leur vaillance.
Là, sont aussi venus, parés d'un noble éclat,
Les députés du peuple et les grands de l'État.
Des droits les plus sacrés, sages dépositaires,
Leur tâche a ses périls, leurs devoirs sont austères :
Mais attestant leur zèle, un renom mérité
Suivra leur souvenir chez la postérité.
   Oui, malgré ce que peut la superbe injustice,
Et malgré les efforts du mensonge et du vice,
Qui sert bien son pays et qui le rend heureux,
Est sûr de s'acquérir un destin glorieux,
Telle est la véritable et l'unique noblesse,
Loin d'être un droit du sang, un droit de la richesse :
Elle doit sa splendeur aux vertus, aux talens,
Sans être héréditaire elle est de tous les temps.
L'honneur, ce prix certain d'une équitable vie,
Est le seul titre vrai, le seul digne d'envie ;
Les caprices du sort sur lui ne peuvent rien,
Lui seul fait son crédit, lui seul est son soutien.
   Admis à présenter au plus chéri des Princes,
Et les vœux de l'armée, et l'amour des provinces ;
Des guerriers renommés, d'illustres magistrats,
Ivres d'un tel honneur se pressent sur ses pas.
Non moins enthousiaste et non moins gracieuse,
De cioyens divers une foule nombreuse
Augmente son escorte, et par des cris flatteurs,
Exprime hautement ce que pensent les cœurs.
D'un éloge éclatant le concert unanime,
Porte au fils des Bourbons un tribut légitime.
Des sujets fortunés célèbrent sa grandeur,

Sa royale sagesse et sa noble candeur.
Les uns qui l'ont servi dans ses jours d'infortune,
Élevant jusqu'aux cieux sa vertu non commune,
Demandent au Dieu Saint qui protège les rois,
Que leur Prince chéri veille au maintien des lois;
Qu'il soit aimé du peuple et qu'il en soit le père;
Que son règne soit long, glorieux et prospère.
D'autres avec amour exaltant ses bienfaits,
De leur foi, de leurs vœux l'assurent à jamais.
Tous ressentent l'effet de sa douce présence,
Tous ont le même esprit et la même espérance.
    Devant lui sont portés de pompeux ornemens,
D'une gloire immortelle antiques monumens,
Tels sont l'épée auguste et non moins fortunée,
Qui jadis de l'Europe a fait la destinée;
Et ce vieux sceptre d'or si fatal aux pervers,
Et qui fut révéré par cent peuples divers.
Là surtout resplendit ce fameux diadème,
Offert à Charlemagne et qu'il s'acquit lui-même,
Quand vengeur des autels et protecteur des lois,
Il sauva des Césars et l'empire et les droits.
    La France avec orgueil contemple ces reliques,
Précieux souvenirs de ses temps héroïques,
Et qui prouvent assez qu'autrefois ses enfans,
Comme ils le sont encore étaient les plus vaillans.
    Cependant vers le temple où le sauveur du monde,
Dispense les trésors de sa grâce féconde,
Le cortège royal chemine à petits pas,
Un immense concours de peuple et de soldats,
Bénit le Souverain que le Seigneur nous donne,
Le proclame à grands cris et joyeux l'environne.
Tels furent les transports des habitans des cieux,
Lorsque sûr d'un triomphe à jamais glorieux,

Le vainqueur de la mort tout brillant de lumière,
Sur le trône des temps s'assit près de son père,
Tandis que les enfers, désarmés, confondus,
De honte et de douleur frémissaient abattus.
De mille vœux suivi, l'heureux CHARLES s'avance,
Et sa marche bientôt rapprochant la distance,
Il va du seuil auguste atteindre les dégrès ;
Soudain la porte s'ouvre et sur ses gonds dorés
Se roule avec effort ; la vieille Basilique
Entend gronder l'écho de sa voûte gothique,
Et présente aux regards qui demeurent surpris,
Et sa nef colossale et ses riches lambris.
Mais déjà le Pontife en longs habits de fête,
Et rayonnant de l'or qui reluit sur sa tête,
Au-devant de Bourbon se hâte d'accourir,
Il paraît animé d'un celeste plaisir,
Des décrets éternels ministre vénérable,
Il sait que du Très-Hant la parole est durable ;
Et que ce Saint des Saints dès long-temps a promis
Une constante gloire à l'empire des lis.
Des prêtres revêtus de leurs blanches tuniques,
L'escortent en chantant d'harmonieux cantiques ;
Et dans leurs chastes mains des palmes et des fleurs
Mélangent les reflets de leurs vives couleurs.
A l'aspect de son Roi le Pontife s'arrête,
Et bientôt de son cœur sa voix est l'interprête ;
« O fils de Saint Louis ! soyez le bienvenu,
» Et des faveurs que Dieu garde à votre vertu,
» Recevez en ce jour une sensible marque. »
Il dit, et vers l'autel il conduit le Monarque.
Là, sous un dais d'argent, le front humble et pieux,
CHARLES, avec respect attend l'ordre des cieux.
Il respire une joie intarissable et pure,

Et de ses vêtemens la royale parure,
Éclate et fait briller l'hermine et le rubis,
Sur des tissus pourprés et par l'or embellis.

Offrant à l'Éternel sa touchante prière,
La fille des Bourbons est près du sanctuaire ;
Les souhaits et les vœux qu'exhale sa ferveur,
Sont tous pour son pays qu'elle aime avec ardeur.
Si toujours l'infaillible et sainte Providence
Accorde à qui l'implore une haute assistance ;
Sur les soins protecteurs du céleste pouvoir
Qui mieux que la vertu peut fonder son espoir ;
Qui plus que l'héroïque et modeste Princesse,
A droit qu'à ses destins le Dieu fort s'intéresse :
Dans un âge riant et fait pour le plaisir,
Tous les maux à-la-fois sont venus l'assaillir ;
Elle a de l'injustice épuisé la colère,
Et de l'adversité vidé la coupe amère.
Elle a vu ses cruels et farouches tyrans
Sur le char du bonheur s'élever triomphans ;
Elle a vu leur audace impie et fortunée,
Parler en souveraine à l'Europe étonnée,
Et jamais sa douleur sourde à la piété,
D'un ciel lent à punir n'accusa la bonté ;
Sa douceur angélique et son mâle courage
Ont de ses longs malheurs bravé le long outrage.

Proscrite, loin des bords ou régnaient ses aïeux,
L'exil lui fit trouver des jours moins orageux ;
Mais un doux souvenir du lieu de sa naissance
Attachait ses regards sur le sort de la France :
Nos désastres sanglans, nos revers, nos dangers,
Jamais à sa douleur ne furent étrangers ;
Aux pleurs de la patrie elle mêlait ses larmes,
Et vers le Roi des Rois élevant ses alarmes,

Elle implorait pour nous la clémence des cieux.
Le Très-Haut l'entendit, il exauça ses vœux,
Et l'aigle usurpateur, atteint par le tonnerre,
Vit le sceptre tomber de sa robuste serre;
Vingt peuples de son joug restèrent affranchis;
Et sur leur sol natal reverdirent les lis.
La fille des Bourbons à son pays rendue,
Par le zèle et l'amour fut tendrement reçue.
Heureuse, elle oublia ses maux et ses chagrins,
Et se montrant fidèle à ses nobles destins,
Sans cesse à tous les cœurs elle devient plus chère;
De ses brillans succès le cours sera prospère.
Mais, hélas! son funeste et rigoureux printemps
N'a pas d'un seul beau jour occupé les instans :
Née au sein des grandeurs et près d'un trône auguste,
Où régnait des mortels le meilleur, le plus juste,
Et qui donnait l'exemple aux rois de l'univers,
Devait-elle s'attendre à de cruels revers.
Cependant.... ô Dieu bon! quel mystère ineffable
Sert à tes volontés de voile impénétrable.
Déjà les lieux sacrés fumaient d'un pur encens,
Et les ministres saints, par de pieux accens,
Du créateur du monde invoquaient l'assistance.
Le Dieu fort du plus haut de sa grandeur immense
Applaudit à leur zèle et bénit leur ferveur.
Soudain son fils chéri, son éternel honneur,
Ce Christ qui du péché détruisant l'esclavage,
D'une antique infortune a réparé l'outrage,
Sous l'emblême divin d'un pain mystérieux,
Au sein d'un soleil d'or se montre radieux.
La foule à son aspect s'agenouille en silence,
Et du souverain maître adore la présence.
Alors devant l'autel CHARLES se prosternant,

S'apprête à recevoir la grâce qu'il attend.
Le Christ vient de l'admettre au serment d'être juste,
Et bientôt sur son corps s'épanche l'huile auguste.
Dès qu'il a présenté son hommage et ses vœux,
Modeste il se relève, et son front glorieux
Revêtant des Bourbons l'immortelle couronne,
Du feu des diamans resplendit et rayonne,
Le cri de l'allégresse a proclamé le Roi,
Et des sujets heureux l'assurent de leur foi.

 L'airain sacré s'émeut et sa voix solennelle,
Des œuvres du Seigneur annonce la nouvelle.
Tout-à-coup s'enflammant, le bronze des combats
Précipite dans l'air de rapides éclats,
Et salue à grand bruit l'évènement prospère
Qui vient de réunir et le ciel et la terre;
La cité retentit de joyeuses clameurs,
Les transports les plus vifs animent tous les cœurs;
Mais au fond de la nef une sainte harmonie
Célèbre du Très-Haut la puissance infinie,
Les prêtres par un hymne et de joie et d'amour,
Exaltent les faveurs qui signalent ce jour;
Le peuple de son Dieu répète les louanges,
Et ses chants vont s'unir aux cantiques des anges.

 Salut, jour de bonheur, de pardon et de paix,
Et que Bourbon aussi marqua par des bienfaits!
Ah! que d'infortunés ont béni ton aurore,
Avec quel doux plaisir ils la virent éclore,
Ces malheureux proscrits que de justes rigueurs
Loin du toit paternel condamnaient aux douleurs:
Ils avaient tout perdu, leur pénible existence
Devait se consumer dans les maux de l'absence,
Ils erraient sans espoir et toujours en péril;
Mais au bruit que leur Roi terminait leur exil,

Ils ont fui promptement une rive étrangère :
C'est surtout aux Français que la patrie est chère.

Bientôt de tous côtés dirigeant ses faveurs,
Et de tous ses sujets protégeant les labeurs,
CHARLES va déployer son mérite et son zèle ;
Le trône en brillera d'une gloire nouvelle,
Et le peuple soumis au seul règne des lois,
Fidèle à ses devoirs jouira de ses droits.
De nos vieux préjugés le sombre despotisme,
Redoutant les vertus qu'inspire le civisme,
Devant la vérité disparaîtra soudain.
Alors, se ralliant auprès du Souverain,
Les arts dont le fécond et bienfaisant génie
Redonne aux grands états une seconde vie,
Ajoute à leur puissance et prodiguant les biens,
Fait quelques doux loisirs aux moindres citoyens.
Ainsi que la savante et noble agriculture,
Qui veillant sur les dons que répand la nature,
De leur cours annuel entretient les canaux
Et sauve les humains du plus cruel des maux,
Obtiendront du pouvoir une heureuse assistance.
Et de sa bienveillante et sage prévoyance
Le commerce à son tour fixera tous les soins ;
Utile à nos plaisirs autant qu'à nos besoins,
C'est par lui qu'appelés les peuples des deux mondes,
Affrontant l'inconstance et la fureur des ondes,
Sur la foi des traités courent de toutes parts
Échanger l'industrie et les produits des arts,
Ou du sol paternel exportant les largesses
Vont sous d'autres climats chercher d'autres richesses,
Et pour prix de leurs longs et pénibles travaux,
Ramènent l'opulence et des plaisirs nouveaux.
C'est ainsi que des lis la superbe rivale

Étendant sur les mers sa grandeur colossale,
Des trésors du Mexique enrichit ses trésors,
Et sourit au bonheur qui mouille dans ses ports.
Désormais à la voix d'un Roi digne de l'être,
Près de nos bords aussi nous le verrons paraître;
Tel est l'ordre des cieux, les temps s'accompliront,
Et du peuple français les beaux ans renaîtront.

Deux lustres de leurs laps ont augmenté les âges,
Depuis que l'œil fixé sur de rians présages,
La crédule espérance, augurant le bonheur,
Redisait chaque jour demain sera meilleur.
Mais enfin le voici cet instant si prospère
Où la France plus belle en deviendra plus fière;
CHARLES va mériter un renom glorieux,
Le Prince est toujours grand quand son peuple est heureux,
Et d'un Roi qui fut bon la brillante mémoire
Ne craint pas les arrêts de la sévère histoire;
Son éclat est durable, et la postérité
En chérit constamment la constante beauté.

Les talens de Bourbon et sa haute sagesse
Porteront en tous lieux la paix et l'allégresse,
Et de l'âge présent rempliront les désirs.
A dix siècles de gloire, à de beaux souvenirs,
Ses royales vertus ne sont pas étrangères;
C'est le fils des bons Rois qui régnaient sur nos pères,
Il sera bon comme eux et comme eux bien aimé.

Déjà d'un zèle pur saintement enflammé,
De la religion naguères profanée,
Et même par l'impie au néant condamnée,
Il s'est montré le digne et noble protecteur
En lui rendant sa force et sa vieille splendeur;
Et l'arche du salut a vu dans son enceinte
Les prêtres rallumant une ferveur éteinte,

Annoncer aux croyans ces douces vérités,
Rayons coéternels des célestes clartés;
Pendant que sur les bords du ténébreux abîme
L'impiété proscrite expiait un grand crime.
　La crainte du Seigneur et de ses saintes lois
Est le plus sûr garant de l'équité des Rois;
Les sujets sont perdus lorsque leur chef suprême
Ne veut dans l'univers d'autre Dieu que lui-même.
CHARLES n'a point flatté ce dangereux espoir,
Il sait que c'est d'en haut que lui vient son pouvoir;
Il sera des Français l'orgueil et les délices;
De son avènement les riantes prémices,
Resteront à jamais le gage solennel
D'un règne glorieux autant que paternel.
Il n'a pas craint de lire en son ame royale,
Constamment généreuse et constamment loyale,
Qu'on peut sans avilir l'autorité des Rois,
Fixer le sort du peuple et maintenir ses droits.
Ainsi Dieu laisse agir sur la même balance
La liberté de l'homme et la toute-puissance.
　Tel régnait ce Louis, si grand par ses vertus,
Et que le ciel a mis au rang de ses élus :
Nul ne dut mieux que lui du poids d'un diadème
Produire un juste compte au Monarque suprême.
Jamais les opprimés sans voir cesser leurs pleurs,
Ne l'avaient imploré contre leurs oppresseurs.
Son empire était doux, bienfaisant, équitable,
Propice à l'innocence et funeste au coupable.
　C'est ainsi que tout prince, observateur des lois,
Rend ses peuples heureux en respectant leurs droits;
Prévient les factions, les réduit au silence,
Oblige ses sujets à chérir sa puissance,
Et leur fait oublier par sa haute vertu,
Qu'un Roi mortel comme eux est leur maître absolu.

TRADUCTION
DU CANTIQUE DE MOÏSE,
SUR LE PASSAGE DE LA MER ROUGE.

Je chanterai le Dieu qui se révèle au monde,
Qui signale sa gloire et sés exploits guerriers.
Il a précipité dans une mer profonde,
    Les combattans et les coursiers.

Le Seigneur est ma force, et mes chants d'allégresse
Ne loueront que lui seul, lui seul est mon sauveur.
C'est le Dieu que j'adore, et jusqu'en la vieillesse
    Ma voix publiera sa grandeur.

C'est le Dieu d'Israël, je dois chanter sa gloire,
(*) Il s'arme, il va combattre, il dompte Pharaon.
Mais ce puissant guerrier qui donne la victoire,
    C'est l'Éternel, tel est son nom.

Il a précipité dans des eaux violentes,
Les chars du roi d'Egypte et de nombreux soldats.
Et les plus nobles chefs, sous les vagues bruyantes
    Repoussaient en vain le trépas.

La mer qui baigne au loin, qui défend leur empire,
Les a tous engloutis, chefs, soldats et drapeaux,
Comme un débris des rocs qu'un vent du nord déchire,
    Sont descendus au fond des eaux.

Dieu vengeur ! votre bras a pris notre défense,
Votre bras a frappé nos tyrans sont punis.
Et de votre grandeur, l'invincible puissance
    A terrassé vos ennemis.

(*) Dominus quasi vir pugnator, omnipotens nomen ejus.

Vous avez allumé votre sainte colère,
Qui, s'élevant contr'eux, soudain les dévora.
Et devant votre souffle élancé sur la terre,
    L'onde rapide recula.

L'eau s'entasse sur l'eau, sa hauteur est immense,
Le flot reste immobile, et du gouffre des mers
Le cristal ondoyant se durcit se condense,
    Et se suspend au haut des airs.

L'ennemi s'écriait : j'atteindrai ces esclaves,
Vainement ils ont fui, leur dépouille est à moi.
J'assouvirai ma haine, et de lourdes entraves
    Vont les rejetter sous ma loi.

L'ennemi s'écriait : j'atteindrai mes victimes,
Le glaive est dans ma main, je les ferai mourir.
L'Égyptien mentait, d'effroyables abîmes
    S'ouvraient déjà pour l'engloutir.

Votre soufle s'ébranle, et soudain la mer gronde;
Des flots impétueux roulent de toutes parts,
Et dans les profondeurs du vaste sein de l'onde;
    Tombent les coursiers et les chars.

Quel Dieu, quel autre Dieu vous égale en puissance,
O vous ! dont le saint nom marque tant de grandeur;
Que même en vous louant je sens la violence,
    De la plus terrible frayeur?

Dieu puissant! il n'est rien qui vous soit impossible,
Vous avez d'un seul geste accablé nos rivaux;
Et malgré leur fureur qui semblait invincible,
    Ils ont disparu sous les eaux.

C'est vous dont la bonté sauva par un miracle,
Ce peuple qui vous suit, qui vous doit son bonheur;
Et vous le conduisez vers le saint tabernacle,
    De votre inéffable grandeur.

Les peuples l'ont appris, ils sont dans les allarmes,
Les rois de l'Idumée éprouvent des terreurs.
Et le fier Philistin, loin de courir aux armes,
    Languit au milieu des douleurs.

Ces robustes guerriers dout le Moab se vante,
Par la crainte agités, tremblent sans le vouloir.
Les chefs de Chanaan sont frappés d'épouvante,
    Et leur valeur n'a plus d'espoir.

Que le trouble et l'effroi s'emparent de leurs villes,
Et que pesant sur eux votre puissante main,
Enchaîne leur courage, et les rende immobiles
    Comme leurs idoles d'airain.

Jusqu'au moment, Seigneur, où, tel qu'un vent rapide,
Il soit passé le peuple objet de votre amour.
Ce Peuple triomphant dont vous êtes le guide,
    Et qui vous suivra sans retour.

Dans ces lieux, l'héritage et l'espoir de nos pères,
Daignez fixer les pas et les jours d'Israël.
Seigneur, près de ce mont qui de vos sanctuaires,
    Sera le rempart éternel.

Les temps auront cessé que vous serez encore,
Roi de l'éternité vous régnerez toujours.
Pharaon le niait, sa gloire allait éclore,
    Quand les mers ont repris leur cours.

Il a vu les guerriers compagnons de son crime,
S'engloutir sous les flots revenus en courroux,
Seigneur, mais Israël a traversé l'abîme
    Qui disparaissait devant vous.

Cette pièce est extraite d'un choix de poésies sacrées, traduites,
ou selon la nature du texte simplement imitées de la bible. On
a aussi réuni dans une ode les divers cantiques, qui se trouvent
dans l'Apocalypse, et on les a liés au moyen de quelques transitions
indiquées par le sujet.

LE CHANT

DE

MARC BOZZARIS,

IMITÉ DE L'ALLEMAND.

Journal de Francfort, mai 1825.

VIERGE de Sparte apaise tes douleurs,
Que tes beaux yeux ne versent plus de larmes,
Le ciel bientôt finira nos malheurs,
Et de l'amour nous goûterons les charmes.
Mais aujourd'hui le clairon des combats
Au champ d'honneur appelle mon courage,
Je vais partir, il faut que nos soldats
Loin de nos murs repoussent l'esclavage.

Ah! souviens-toi que les fiers Osmanlis
De leurs fureurs menacent nos campagnes,
Et que des Grecs à leur joug asservis,
Ils raviraient les biens et les compagnes.
Plutôt mourir! tant que ce bras vengeur
S'armant d'un fer contre un tyran barbare,
Pourra servir la patrie et l'honneur,
Tu braveras la rage d'un Tartare.

L'injuste Asie a levé contre nous
Les boucliers de ses nombreux esclaves;
Mais de l'Asie affrontant le couroux
Nous saurons vaincre ou succomber en braves.
Et si l'Europe, insensible à nos maux,
Nous abandonne et méconnaît sa gloire,
N'avons-nous pas l'exemple des héros
Et ce Dieu saint qui donne la victoire.

Sans liberté la vie est un malheur,
Et les plaisirs sont privés de leurs charmes ;
Pour un esclave est–il quelque bonheur
Qui ne soit pas acheté par des larmes.
O liberté ! compage des vertus,
Peut-on te perdre et chérir l'existence :
Je serai libre ou je ne serai plus ;
Telle est toujours mon unique espérance.

Assez long–temps le Dieu saint, le Dieu fort,
Vit ses autels condamnés à l'outrage,
Et l'Osmanlis dans un fougueux transport,
Les entourer de sang et de carnage.
Pâles d'effroi sous le toit paternel,
Assez long–temps les filles de la Grèce,
D'un ravisseur odieux et cruel
Ont assouvi la farouche tendresse.

Assez long–temps régna sur nos cités
De Mahomet la hideuse bannière,
Elle est tombée : et les Grecs irrités
Ont relevé leurs fronts de la poussière.
Sous les drapeaux où resplendit la croix,
De fiers guerriers une race immortelle,
D'un peuple libre a proclamé les droits
Et se tient prête à venger sa querelle.

Gloire et patrie, amantes des grands cœurs,
Je vous consacre et mon glaive et ma vie ;
C'est d'un soldat les uniques faveurs ;
Mais son destin est bien digne d'envie.
Pour son pays et pour la liberté,
Dans les combats quand un héros succombe,
Sa mort l'enfante à l'immortalité,
Et triomphant il survit à sa tombe.

Des grands exploits la victoire est le prix,
Et la fortune est toute à la victoire;
Ah! qu'il est beau de rendre à son pays
Des jours de paix, de bonheur et de gloire.
Vierge de Sparte, embrasse ton amant,
Plus que jamais ta présence m'est chère;
Mais l'heure presse, adieu, voici l'instant
Où va sonner la trompette guerrière.

C'est vainement que tes tristes regards
Semblent me dire: arrête et crains ta perte;
Ne vois-tu pas flotter nos étendarts,
Du champ d'honneur la barrière est ouverte.
Mon cœur s'enflamme au seul bruit des combats,
Adieu, ma belle, adieu, ma douce amie,
Ah! laisse-moi m'échapper de tes bras,
N'entends-tu pas la voix de la patrie.

Qu'un noble espoir console tes douleurs,
Il est venu le temps de la victoire,
Et nos soldats, heureux triomphateurs,
Ramèneront le bonheur et la gloire.
La Grèce alors, libre d'un joug honteux,
Déposera l'étendart de la guerre,
Et rappelant les plaisirs et les jeux,
Elle oubliera ses longs jours de misère.